{Sylvia Orthof}

Livro Aberto

Confissões de uma inventadeira de palco e escrita

Coordenação: Vivina de Assis Viana

Conforme a nova ortografia

4ª edição

ATUAL EDITORA

SARAIVA S.A. Livreiros Editores
Rua Henrique Schaumann, 270 — Pinheiros
05413-010 — São Paulo — SP
Fone: (0xx11) 3613-3000
Fax: (0xx11) 3611-3308 — Fax vendas: (0xx11) 3611-3268
www.editorasaraiva.com.br

Dados Internacionais de Catalogação na Publicação (CIP)
(Câmara Brasileira do Livro, SP, Brasil)

Orthof, Sylvia
Livro aberto : confissões de uma inventadeira de palco e escrita / Sylvia Orthof ; coordenação Vivina de Assis Viana ; ilustrações Ricardo Girotto. — São Paulo : Atual, 1996. — (Passando a Limpo)

Inclui roteiro de leitura.
ISBN 978-85-7056-824-3

1. Artistas brasileiros — Biografia 2. Escritoras brasileiras — Biografia 3. Orthof, Sylvia. I. Viana, Vivina de Assis. II. Girotto, Ricardo Fernando. III. Título. IV. Série.

96-2154 CDD-928.699

Índices para catálogo sistemático:

1. Escritoras brasileiras: Biografia 928.699

Coleção **Passando a Limpo**

Gerente de desenvolvimento de produto: Wilson Roberto Gambeta
Editor: Henrique Félix
Assistente editorial: Shirley Gomes
Preparação de texto: Noé G. Ribeiro/Paulo Sá
Roteiro de leitura: Kátia Rossini

Gerente de produção editorial: Cláudio Espósito Godoy
Assistente de produção editorial: Valéria Costa Rocha
Revisão: Pedro Cunha Jr. e Lilian Semenichim (coords.) Janaína Silva
Editor de arte: Celson Scotton
Chefe de arte: Marcos Puntel de Oliveira
Diagramação: Júlia Nakano, Antonio Briano da Fonseca Jr.
Editoração eletrônica: Silvia Regina E. Almeida, Grace Alves
Projeto gráfico (capa e miolo): Fabiano dos Santos Mariano
Capa: Tereza Yamashita
Ilustrações: Girotto e Fernandes

Gerente de produção gráfica: Antonio Cabello Q. Filho
Produção gráfica: José Rogerio L. de Simone, Alex Sandro de Souza
Filmes: VOX Editora Ltda

4ª edição/3ª tiragem
2010

Visite nosso *site*: www.atualeditora.com.br
Central de atendimento ao professor:
0800-0117875

PREFÁCIO

De vez em quando, o esperado acontece: o escritor escreve um livro, o editor publica, a escola adota, os alunos leem.

O inesperado às vezes também acontece: o professor convida o autor para ir à escola conversar com os alunos.

A partir de 1977, quando publiquei meu primeiro livro, tenho vivido alguns momentos esperados (escrevo pouco, culpa de lentidão e preguiça) e inúmeros inesperados. Nestes, sempre tem me emocionado o interesse do leitor pelos caminhos do autor. Pelos segredos daquele livro, ali, ao alcance da mão, pronto pra ser autografado, e de todos os outros, anteriores e futuros. Sobretudo os futuros.

Nos livros da coleção *Passando a Limpo*, cada autor vai tentar conversar com o leitor como se estivesse na sala de aula, num daqueles encontros inesperados, ou na sala da casa de um deles, mais inesperado ainda.

Cada autor vai tentar se lembrar dos sonhos passados, dos planos, dos trabalhos. E imaginar os futuros.

Vai tentar não só responder às possíveis perguntas do leitor, mas também — e principalmente — perguntar. Pois os livros são perguntas, mais que respostas. Indagações, questionamentos.

Em *Livro aberto — confissões de uma inventadeira de palco e escrita*, terceiro volume da coleção *Passando a Limpo*, Sylvia Orthof, atriz, diretora de teatro e escritora de livros infantis, pergunta, mais que responde. Indaga, questiona. Capítulo após capítulo, parágrafo após parágrafo.

Tenho certeza de que o leitor, no burburinho da sala de aula, ou no aconchego de sua casa, haverá de comemorar a inesperada descoberta dos segredos e mistérios da autora-personagem. Alguns deles, apenas. Os outros, ciosa, ela guarda para os livros futuros. A sete chaves.

P.S.: Quando sugeri a Henrique Félix, editor da Atual, esta série de depoimentos, ficamos com uma pergunta: qual seria o seu nome?

A resposta veio de um dos momentos inspirados de Fanny Abramovich, autora de tantos livros.

Saímos ganhando: além do título bonito e oportuno, tornamos a aprender que pensar junto vale a pena, sempre.

Vivina de Assis Viana

SUMÁRIO

Para Tato, meu marido.
Para Claudia, Gê, Pedro, meus filhos, e para Mariana, Francisco, Nina e Olívia, meus netos.

Introdução

A gente pensa uma coisa, acaba escrevendo outra e o leitor entende a terceira coisa... e, enquanto se passa tudo isso, a coisa propriamente dita começa a desconfiar que não foi propriamente dita.

Mário Quintana

O que calei, com certeza, foi mais vivido do que aquilo que consegui escrever.

Acho que os depoimentos merecem uma certa intimidade, uma insinuação singela, uma frase calada.

Gostaria, até, se fosse possível, que a editora reservasse umas páginas em branco, no final, para cada um imaginar o que um depoimento deixa de contar.

Adoro segredos!

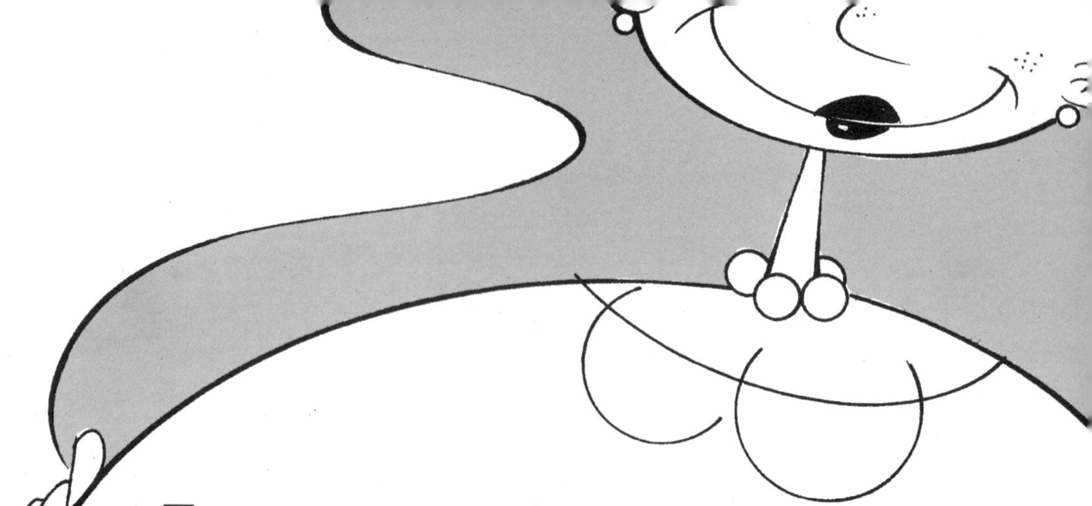

Eu era o umbigo do mundo!

No tempo em que eu era um feto, encolhidinha dentro da barriga de minha mãe Trude, eu deveria ter um jeito de feijão, daqueles feijões brancos, de salada.

Meu depoimento é uma salada e começa na barriga de minha mãe, com todo o respeito. Aliás, barrigas grávidas, sempre, merecem todo o respeito.

Quando eu estava com sete meses de vida intrauterina, *talvez* um anjo anunciador de novidades tenha vindo no faz de conta, batendo asas cor-de-rosa (porque eu era uma menina e rosa é uma tonalidade tão delicada!), e dito, *talvez*, com voz angelical:

"Vim falar de um mistério: daqui a dois meses, no dia 3 de setembro de 1932, ao anoitecer, lá pelas 18:30 horas, você vai viajar por um canal e, depois de algum sofrimento, você verá uma luz e algumas pessoas, vestidas de branco, esperando a sua chegada... amém!".

Se escutei aquilo tudo, de verdade, isso não sei. Devo ter duvidado, caso tivesse ouvido.

Com certeza (a minha certeza), não existiria outra forma de vida que não fosse aquela, dentro do meu aquário maternal, no conforto adquirido por alguns parcos conhecimentos intrauterinos. Aquele anjo deveria pertencer a alguma seita religiosa desconhecida. Eu era um feto ateu, só acreditava no que fosse a minha realidade, baseada em fatos científicos.

Fiquei adormecidamente embalada no meu ninho materno, sem ligar para anjos, querubins, arcanjos ou entes extrauterinos.

Eu era o umbigo do mundo!

Dois meses depois

Passados dois meses, no entanto, comecei a sentir algo muito desconfortável: o meu ninho, tão quente e acolhedor, deu pra ficar apertado, me empurrando, me espremendo...

Doía, e abri um olho, mas só enxerguei o meu medo. O medo tem a cor escarlate e eu nem sabia! O medo é cor de sangue!

Lutei para continuar a viver, não queria morrer a minha vida intrauterina! Mas havia algo mais forte do que eu, uma espécie de... de... O que seria aquilo, tão inesperado?

Eu lutava contra o meu destino, contra aquele desconhecido, contra aquela mudança inesperada!

Será que... aquele anjo... aquela profecia era verdadeira?

O canal era estreito e ouvi minha mãe gritando. Eu gritei junto, foi o meu primeiro grito e, de repente, algo me agarrou e eu havia morrido a minha vida anterior!

Assim, dizem que nasci.

Fui vestida, penteada, chorei, berrei, odiei tudo aquilo!

Me colocaram numa coisa fria, hoje sei que era uma balança. Fui pesada, medida, tal como um objeto qualquer. Eu urrava e minha voz era insuportável!

Voltei a dormir um pouco, cansada de tantas emoções.

Depois, sei lá quando, me colocaram perto de um bico e comecei a sugar a minha mãe. Eu conhecia aquele jeito, sabia que aquilo era minha mãe, a minha embalagem anterior, mas eu estava do lado de fora... e mamava!

Mamãe, anos depois, disse que me contou uma história, na minha primeira mamada.

Por causa da tal história, que veio em golfadas de leite, com certeza, fiquei iciada em livros, histórias, escritos.

Dizem, sei lá... dizem que sou escritora. Eu acho que sou inventadeira de fantasiosas doidices.

Será a mesma coisa?

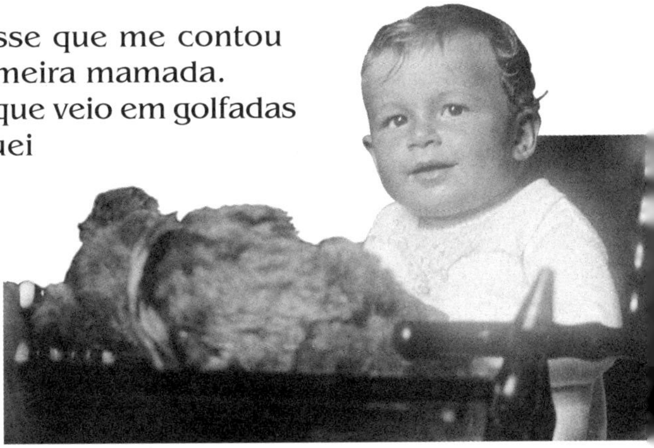

Criançando

Meu pai gostava de mudar de casa. Eu era filha única e, hoje, quando passo pelo bairro do Jardim Botânico, na cidade do Rio de Janeiro, esbarro em vários lugares onde criancei a minha infância.

Criançar a infância? Parece uma besteira a tal frase, mas as palavras têm cadências, elas podem, dependendo do ritmo, trazer ideias que se complementam.

Morei perto da Rua Alexandre Ferreira, numa ruela sem saída, onde brinquei com Paulinho, Dedeco e Maria Helena. Onde estarão hoje? A gente inventava histórias e, na casa das três irmãs, Yolita, Helenita e Marita (os nomes eram quase assim, todos em ita), havia uma pianola, que era um piano antigo que tocava sozinho, tinha um rolo, uma espécie de mistura de realejo com vitrola, sei lá! Quando a pianola tocava sozinha, Dedeco inventava que havia um esqueleto que dançava, num terreno baldio, do lado. Morríamos de pavor!

E havia aquele rapaz, de dezoito anos, que fazia o serviço militar. Eu tinha sete anos, me apaixonei por ele, tão lindo, de farda. A mãe dele tocava violino, era muito loura, me convidava para comer bolo.

Meu pai e minha mãe, em Petrópolis.

Eu ralava os joelhos em correrias de patins. Sempre, durante toda a infância, meus joelhos viviam cheios de iodo... e eu berrava.

Depois do iodo, mamãe contava uma história. As histórias eram em alemão, meus pais eram austríacos, mas eu nasci no Rio, no antigo Hospital dos Estrangeiros.

Lembro de Grimm e Andersen, livros grossos, cheios de patinhos feios, soldadinhos de chumbo, madrastas, princesas, fadas.

E quando mudamos para a Epitácio Pessoa, de frente para a Lagoa Rodrigo de Freitas, ganhei um livro de Monteiro Lobato! Ai, que maravilha maravilhantemente maravilhosa!

Era o meu primeiro livro com história em português... e minha casa tinha um quintal comprido, como eram os quintais de antes... e ali brinquei de ser Emília.

No quintal, as três mangueiras: manga-espada, manga-rosa e a manga-carlotinha.

Eu brincava com as mangas caídas no chão. A manga-carlotinha tinha um jeito de Emília. A manga-rosa, imponente, era Dona Benta. Tia Nastácia não era manga, porque era preta e tinha que ser jabuticaba. Como nosso quintal não tinha jabuticaba, Tia Nastácia era a noite, quando anoitecia sobre o quintal, mamãe chamando para o banho, antes do jantar. A manga-espada era a minha mãe, cortando meu brinquedo: espada, faca. Eu odiava ter que tomar banho e vestir um vestido formal para o jantar! Naquele tempo, as crianças pareciam que estavam endomingadas, só para jantar. E minha avó, Clara, usava vestidos de crepe negro, imponentes.

Eu tinha que aprender a usar os talheres, a não colocar os cotovelos sobre a mesa, a mastigar de boca fechada e só falar quando um adulto me perguntasse alguma coisa. Por isso, eu detestava comer e era magra que nem o Visconde de Sabugosa!

Mas no meu Sítio do Picapau Amarelo, no fundo do quintal, eu me lambuzava de mangas, comia até uma tal de cajá-manga, fruta ácida, com um caroço espinhento.

Havia um detalhe: as mangas-personagens, essas eu não comia, eram minhas amigas. Quando ficavam murchas, eu as enterrava e colocava florzinhas sobre seus túmulos.

Vovó Clara cantava e dava aulas de canto. Papai tinha um carro movido a gasogênio, que era um horror, uma espécie de

botijão de gás preso na traseira do carro, a coisa enguiçava, encrencava qualquer passeio.

Era época da Segunda Guerra Mundial. Havia *black-out*, tudo tinha que ficar escuro, à noite; o pessoal tinha medo de bombardeios nazistas. Nossa casa foi enfeitada com cortinas negras, para que nenhuma luz denunciasse nossa moradia. Aí, Tia Nastácia virou cortina, na minha imaginação. A casa, linda, toda embandeirada de negras Nastácias!

Monteiro Lobato criançou a minha infância e foi minha primeira paixão literária!

A cidade imperial

Também morei em Petrópolis, a cidade imperial, onde voltei a residir agora, já velhota.

Naquele tempo, os rios eram cristalinos e havia tanta flor por todo lado!

Além da Cidade Imperial, Petrópolis era chamada de Cidade das Hortênsias.

Eu estava no segundo ano primário. Meu colégio, antiga residência da princesa Isabel, o Liceu Fluminense, era o palácio de tudo aquilo que se inventava!

Minha professora, miudinha, morena, dona Rosalina... Foi uma professora tão doce! Sabia que histórias ajudariam a iluminar a cabeça das crianças.

Foi com dona Rosalina, dentro da casa de uma princesa imperial, que ouvi histórias de reis e rainhas, fadas e bruxas. Através de histórias, começávamos a escrever, a frequentar a biblioteca. Dona Rosalina estava adiante do seu tempo, era mestra e nem desconfiava!

Raul Lopes

Palácio da Princesa Isabel, Petrópolis.

Eu fingia que tinha que ir fazer pipi, só para me trancar num banheiro onde o vaso, a pia, tudo era de porcelana decorada com flores rosas e lilases!

Daí, comecei a imaginar...

Na hora do recreio, nós, as meninas, inventávamos que éramos princesas e que cada uma tinha um banheiro mais espetacular do que a outra: "O meu banheiro tem pia de ouro, privada de cristal e banheira de peixinhos!... O meu, tem pia de brilhantes, privada de diamantes e esmeraldas!"

O cenário era perfeito para as nossas divagações. Mas o banheiro da princesa Isabel, esse era de verdade... e a gente não cansava de ir espiar e usar e... fazer muito "pipi imperial"!

Nossas histórias eram feitas de misturanças: um pouco de livros, um tanto de filmes, umas pitadas de faz de conta.

Os tempos eram tranquilos, podíamos ir ao cinema, à tarde, sozinhas. O cinema custava pouquinho.

Certa vez, mamãe me deu dinheiro e fui ao cinema D. Pedro, com uma amiguinha, sessão das duas. Que felicidade!

Antes de entrar, compramos pirulito. Eu exagerei, comprei dois pirulitos, enquanto esperávamos que aparecesse a moça da bilheteria.

O filme era de Tarzan, um dos nossos heróis...

Na hora de comprar o ingresso, faltavam dois tostões. Fiquei aflita; minha amiguinha, sem piedade, entrou; a bilheteira não quis vender o ingresso fiado, por mais que eu implorasse.

Sentei na escadaria da entrada do cinema, chorei.

Aí, chegou um senhor muito digno e perguntou o que havia acontecido. Contei, entre soluços, a minha tragédia.

— Ora, ora, você vai entrar no cinema e é de graça... e ainda vai ganhar outro pirulito!

Era o dono do cinema, um verdadeiro anjo que me caiu do céu!

Certa vez, contei esse

fato para Elizabeth Serra e ela me disse que o dono do cinema era o seu avô. Elizabeth Serra é quem dirige, hoje, a Fundação Nacional do Livro Infantil e Juvenil, seu sobrenome de solteira é D'Ângelo. Metade de Petrópolis era imperial, outra metade, ou quase, era da família D'Ângelo... Pelo menos, eu imaginava que fosse!

Ficamos comovidas, as duas!

Só que o filme de Tarzan me dividiu: eu não sabia se queria ser a princesa das histórias, ou Jane, a namorada de Tarzan. Que dilema atroz!

Mas Petrópolis era mais cenário de príncipes; fazíamos coroas de hortênsias, brincávamos de Cinderela.

Nós andávamos de charrete e, para nosso deslumbramento, às vezes passávamos por um príncipe de verdade, totalmente Orleans e Bragança, montado em um corcel imperialérrimo.

Quanta emoção!

Até hoje existem as carruagens em frente ao Museu Imperial. É verdade que os cavalos, coitadinhos, merecem uma atenção maior de respeito, tão magros!

E foi justamente aos sete anos que resolvi escrever um livro: comprei um caderno, enfeitei com desenhos, comecei a escrever uma história sobre uma catedral que tinha perdido a cabeça.

A catedral de Petrópolis, naquela época, só tinha um pedacinho de torre, ou não tinha torre alguma, pois estava incompleta.

Aí, mostrei o início da história para uma garota mais velha, minha vizinha. Ela leu, disse que o meu escrito era uma heresia. Eu não sabia o que era heresia, devia ser algo terrível!

— Escrever sobre catedral sem cabeça é pecado! — explicou a garota, e me fez rasgar o caderno todo, depois queimar.

Meu primeiro livrinho, queimado, tal qual bruxa na Inquisição, credo!

Entrada dos artistas

Existem certas portas muito mágicas, portas completamente diferentes das que se abrem, normalmente, para um quarto ou uma varanda.

Mas a mais fantástica porta da minha existência, sem dúvida, ficava nos fundos do antigo Teatro Fênix. Isso, no tempo em que eu era uma garota de quinze anos, há muitos milênios passados.

Agência JB

Eu tinha quinze anos, fui ao teatro, assisti a *Hamlet*, de Shakespeare. Minha mãe fez questão de me levar. No palco, Sérgio Cardoso (Hamlet), Sérgio Britto (Rei), Bárbara Heliodora (Rainha) e Maria Fernanda (Ofélia). Citei somente alguns dos muitos atores que, extremamente jovens, fervilhavam sonhos no Teatro do Estudante.

Paschoal Carlos Magno era o grande incentivador, o louco iluminado. Paschoal misturava talentos: era poeta, jornalista, embaixador, diretor de teatro, um total D. Quixote!

Pois fui assistir à tragédia de Shakespeare... e fiquei em estado de perplexidade alucinante! Aí, falei e disse:

— Mãe, eu quero ser atriz!

Escrevo essa frase assim, nessa letra enorme, porque a minha vontade era imensa, do tamanho do mundo!

Mamãe não levou a sério, achou que era bobagem de adolescente.

Ai, qual será o motivo, a razão pela qual os adultos não levam a sério os adolescentes?

Acho que as pessoas adultas querem ser as únicas gentes do planeta. Daí, criança, adolescente e velho... ora, são coisas que não são tão sérias! Sempre ouço mães de adolescentes dizerem que os filhos estão na fase disso, ou daquilo...

Toda vida é feita de fases, sobretudo porque nada é estático. Mas adulto não é pra ser levado a sério, é uma gente muito débil de convicções, está na fase de ainda não ter se dado conta das passagens, portas... Ai, adulto pensa que sentou ali, na poltrona da sala de visitas, e pode comandar o destino das nações, dos velhos, dos adolescentes, das crianças...

O destino é parecido com o tempo: dá bananas para a sapiência de quem pensa que chegou à maturidade! E maturidade existe?

Agora que já não sou mais considerada tão adulta (pois sou velhota), pois é, agora desconfio que tudo é uma fase de aprendizado.

Eu queria entrar no aprendizado teatral e, numa decisão estoica, ainda de uniforme de colégio, fui, certa tarde, bater ali, naquela porta, atrás do Teatro Fênix, que tinha um letreiro com PH, além de outros trecos: THEATRO PHOENIX. Ai, como é linda uma fênix, pássaro mitológico, aquele que renasce das cinzas!

A esperança é uma fênix: a gente espera uma coisa, de repente... perde a certeza de conseguir. Mas quem tem um pássaro fênix dentro da alma, esse acredita. E sua esperança renasce das cinzas do descrédito.

Sobre a porta, aquela, em letras simples, estava escrito: ENTRADA DOS ARTISTAS.

Resolvi sacudir minhas penas, penas sofridas pelo descrédito materno, além de todas as sofrências adolescentes já vividas... e toquei a campainha.

Áureo Nonato apareceu. Era assistente do Paschoal, além de poeta. Um rapaz amazonense, sério, simpático, amigo. Eu sussurrei, com grande timidez:

— Eu quero ser atriz!

Fui levada ao Paschoal Carlos Magno. E conheci o Sérgio Cardoso (o Hamlet), que estava sentado, ali, naquela poltrona escurecida do teatro, conversando. Meu coração batia dentro da esperança, dentro daquele teatro-pássaro-fênix.

Ingressei na escola de teatro, chamada Seminário de Arte Dramática, e acabei virando Julieta Capuleto, no Festival Shakespeariano de 1949, no Fênix!

AS BELAS INICIATIVAS DE ARTE E CULTURA

19.5.49.

Inaugura-se hoje o Festival Shakespeare, pelo Teatro do Estudante

O Teatro do Estudante do Brasil inicia, hoje, a sua talvez mais ousada temporada, com o anunciado Festival Shakespeare. Dezenas de jovens, estudiosos de teatro, viverão, a partir desta noite, no palco do Fenix, os personagens do maior poeta inglês, desde a belíssima tragedia dos Amantes de Verona à alienação dolorosa do Rei Lear. E é assim que teremos Romeu e Julieta, Macbeth, Sonho de uma noite de verão, Otelo e Rei Lear, em espetáculos sucessivos que o público aguarda com excepcional interesse. E' uma grande e arrojada empresa, desse grupo de jovens, alunos, todos, do Seminario de Arte Dramática, escola fundada pelo Teatro do Estudante.

A noite de hoje, terá, assim, todas as pompas de um acontecimento artístico e social, com altas autoridades presentes, figuras ilustres da sociedade, das artes e das letras enchendo o Fenix, ao lado de estudantes de todas as escolas. "Romeu e Julieta", admiravelmente traduzido por Onestaldo de Pennafort, foi dirigido pela competencia de D. Ester Leão e apresentará cenarios e figurinos de Santa Rosa, música de Tschaikowsky e coreografia de Tatiana Leskova, alem da colaboração do "Ballet da Juventude". Só ficará em cena quinze dias, sendo substituida por "Macbeth", que nunca foi representada entre nós. Os dois personagens centrais do drama de Verona serão vividos por Narto Lanza e Silvia Orthof.

Silvia Orthof e Narto Lanza, a Julieta e o Romeu desta noite.

Assim, pelo palco, um dia, acabei escrevendo livros.

Porque o teatro é uma biblioteca de emoções, cada palavra traz o seu autor, o clima, a energia, a forma. Agora que escrevi a frase "biblioteca de emoções", achei que era algo parecido com título de folhetim... Mas vou deixar, porque foi o que senti, o que saiu no de repente da linguagem, da memória, do faz de conta de tudo que se reconta!

Foi também no Teatro do Estudante que conheci meu primeiro namorado, que era estudante de Direito... e alguns tantos namoricos... e outro, que quase nem cheguei a namorar, mas com quem mantive longas conversas no portão, pessoa que me ensinou a gostar de pensar, refletir. Acho que, naquele tempo, nós dois mantivemos longuíssimas conversas que escondiam uma certa atração adolescente e tímida. Escrevo isso hoje, a velhice já me dá o direito de divagar sobre possibilidades, talvez inexistentes. As coisas passam, deixam o carinho da graça. Tudo o que não aconteceu, mas poderia ter acontecido, é a ficção da realidade.

Paris

De repente, eu estava em Paris, estudando teatro. Em Paris completei dezoito anos.

Ai, Paris foi feita para a gente, sempre, completar ali os eternos dezoito anos!

E havia o Café Capoulade, onde nós, brasileiros jovens, cantávamos, batucando em caixinhas de fósforos e tomando café, que o dinheiro era escasso.

Comecei a ler Molière, Musset, Victor Hugo, Baudelaire. E Sartre entrou em minha vida, sem eu entender bem o que era a filosofia existencialista. Juliette Grecco era a deusa dos existencialistas e, de repente, a moda era usar cabelos desleixados, olhos pintados de negro, roupas negras.

Tinha horas de profunda solidão.

Às vezes, ficava pensando que minha ida para Paris era uma forma de meus pais ficarem mais livres. Eles haviam se desquitado, isso ainda não era frequente no Brasil.

Morei numa pensão horrível, onde uma velha francesa dizia: *bonjour, petite sauvage!* (bom dia, pequena selvagem!). Ela achava que todos os brasileiros fossem habitantes da Floresta Amazônica.

Depois, mudei para um apartamento mais elegante, onde uma família, em decadência financeira, alugava quartos.

É difícil ser estrangeiro. Em certas horas, eu queria tanto chorar em português!

Eu recebia cartas do Brasil, ficava cheirando o papel. Cada país tem um cheiro diferente, peculiar. Saudade tem perfume, com certeza!

Fui aluna do célebre mímico Marcel Marceau, ainda pobre e começando a fazer carreira. Para angariar alguns francos a mais, dava aulas para um grupo de brasileiros: Maria Fernanda, Luis Adilson, eu... Eram aulas plenas de criatividade.

Recordo-me de um dia em que Marceau viajou de metrô e começou a fazer mímicas doidas, de pé, num vagão repleto, fingindo que estava andando contra o vento. Fiquei encabuladíssima, ele ria da minha timidez.

Eu morava na casa do Casal Saucet. Às vezes, de brincadeira, eu misturava uns panos e me vestia de baiana.

Também fui aluna do Éducation Par Le Jeu Dramatique, onde decorei trechos de Racine, Molière, Verlaine...

Il pleure dans mon coeur
comme il pleut sur la ville...

Eu, numa aula de Marcel Marceau.

Certo dia, Marceau conversou comigo depois da aula. Foi uma conversa que me intrigou, abriu meus olhos. Marceau disse que era preciso ser um bom escritor de sentimentos para poder fazer mímica.

Explicou que as pausas são mais necessárias do que os movimentos, que o faz de conta exigia uma verdade estilizada.

Comecei a fazer exercícios onde o pensamento esticava silêncios: o lado mudo da palavra.

Hoje, quando escrevo, gosto de refazer tais exercícios, deixar fluir o tempo, a história sem amarras. E isso pode acabar em algo humorístico. Os grandes mímicos são palhaços: Chaplin, Marceau, Piolim, Arrelia...

Nunca ainda eu havia confessado que me apalhaçava em palavras quando escrevia. A palavra escrita é silenciosa, espécie de mímica que vai tomando forma em símbolos, tal como gestos.

Histórias podem ser contadas de mil formas e suas leituras também dependem de tantas frequências interiores!

Foi pelo teatro, pela paixão por paixões, que me envolvi com livros.

Minha grande amiga, Fanny Abramovich, garante que não existe o "hábito" da leitura: leitura é vício! Ai, como tenho orgulho de ser amiga da Fanny!

Antes de ser a conhecida escritora ligada a "livros para adolescentes" — expressão que, com certeza, ela deve colocar em dúvida, porque Fanny é tudo, menos uma pessoa que pode ser rotulada, classificada — ela fazia uma iluminadíssima pedagogia da reinvenção... Ai, é impossível falar de Fanny sem explicar que ela é inexplicável! Sua inteligência é a gargalhada lúcida! Fanny é uma grande leitora que se escreve inteira!

Fanny entrou, de repente, neste capítulo sobre Paris porque ela tem qualquer coisa de bistrô. Se bistrô fosse gente (bistrô é uma misturinha de café com botequim francês, pãozinho brioche, jornal, livro, vinho), bistrô seria Fanny.

Certo dia, escrevi um livro para a Editora Quinteto. Nunca esqueço disso. O pedido veio de outra grande iluminada, a quem devo, sem dúvida, minha iniciação na escrita editada: Ruth Rocha. Devo meu início a gente fantástica como Ruth, Fanny, Ana Maria Machado e Eliane Ganem. Turma da pesada, de quem recebi apoio, incentivo e crença. Puxa, valeu!

Aventuras da escrita

Eu estava falando de Fanny Abramovich e Ruth Rocha. Pois é, recebi um pedido da Ruth, que era da Editora Quinteto, para enviar uma história infantil.

Escrevi o texto, foi aprovado; Tato (meu marido e companheiro de amor e vida) fez as ilustrações, foram aceitas, pagas, e Fanny deveria escrever algo sobre o livro *Sou Miloquinha, a duende*.

De repente, Fanny me telefonou:

— Sylvia, queridona, você sabe que adoro o que você escreve...

— Puxa, Fanny, obrigada!

— Pois eu estava dizendo que adoro o que você escreve, gostaria de ter, por quinze minutos, a tua cabeça...

— Fanny, estou ficando encabulada...

— O seu livro, Sylvia...

— Eu soube que você vai fazer a quarta capa, obrigada! (Quarta capa, pra leigo, é aquele lugar, no verso do livro, onde, às vezes, se colocam opiniões... sempre elogiosas, sobre o dito cujo livro) Que bom! Fiquei superfeliz, Fanny, escolheram você para escrever sobre *Sou Miloquinha, a duende*!

— Sylvia, achei o seu livro uma... merda!

— Uma merda?

— Pois é.

— ... E agora, Fanny? Ele já foi contratado! Tato já recebeu pelas ilustrações... Se você acha que está uma merda...

— Acho, com todo respeito, Sylvia, que o livro é uma bosta. Eu não posso escrever, na quarta capa, que gostei da Miloquinha, não é possível!

— Ai, que horror!... Eu tenho uma ideia, Fanny: o livro não entrou em gráfica, vou apelar pra Ruth, pedir que ela me dê um tempinho e reescrever o livro.

— Mas a opinião, Sylvia, é minha. Posso estar errada...

— Eu também posso errar, Fanny! Nem vamos conversar mais... eu vou refazer o livro e... é pra já! Tomara que Ruth compreenda!

Ruth compreendeu!

Reescrevi o livro. Aproveitei todas as ilustrações (já pagas... precisávamos tanto de dinheiro, já tínhamos gasto o que Tato recebera!) e escrevi outra história. Mandei pra Fanny, aflita, roendo as unhas.

Fanny telefonou.

— E... aí?

— ...

— Fanny, você recebeu o livro reescrito?

(Gargalhada Fannyquenta Abramovichenta)

— Fanny, não me mata de aflição!

— Li, e agora gostei! Amiga, faço a quarta capa!

Amizades sinceras têm dessas maravilhas, amém!

Remendando lembranças

Memória é coisa puladinha, vai e volta, dá um nó, um laço, adora reticências!

Engraçado: não gosto de escrever intimidades. Deve ser a minha formação austríaca. Mamãe dizia que a vida pessoal é pessoal e intransferível.

Isso é complicado. Escrever é colocar-se do avesso.

Nessa luta, vou me embaraçando, fazendo triagens. Porque isso não é livro de memórias; mas um DEPOIMENTO é o quê, ó gente?!

Fugi do colégio aos dezessete anos, enquanto eu estava fazendo o curso Clássico. Naquele tempo, existiam duas opções: o Clássico, ligado a línguas, história, etc., e o curso Científico, todo matematizado, credo! Tais cursos preparavam, em três anos, para a universidade. Eu estava no segundo ano clássico e já entrara para o Teatro do Estudante.

Era uma confusão: à noite, eu era Julieta Capuleto e suspirava de amores por Romeu (Narto Lanza), no antigo Teatro Fênix, no ano de 1949. Estava perplexa: o teatro acontecera, eu estava totalmente envolvida!

Mas, no colégio, era diferente. Além de eu ser a única estudante da minha classe que era filha de pais separados... eu era atriz.

Custei a perceber o preconceito. De repente, o clima começou a ficar tenso. Garotos começaram a jogar piadinhas mais fortes, certas colegas já não eram mais tão minhas amigas...

Eu tinha um professor de Português e de Latim. Era um homem culto, gostava de livros, animava-me a ler, dizia que eu tinha queda para redação. Eu gostava do Dr. Rui, era o segundo, na fila do meu bem-querer, em matéria de professor. O primeiro, sem dúvida, era Dr. Ney Cardoso, que lecionava Ciências, paixão da classe inteira.

Eu estudava no Colégio Rezende.

Minha aulas começavam às sete e vinte da manhã. Os espetáculos, à noite, terminavam às onze e pouco; até tirar a maquiagem, mudar de roupa, ficava tarde. Mamãe ia me buscar, eu não deveria voltar sozinha. Eu vivia com sono, exausta.

Mamãe contava que ela sempre entrava no teatro na hora em que Julieta dizia:

Sinto correr-me as veias, vagamente,
um gélido arrepio de pavor
que quase esfria em mim
todo o calor da vida...
Devo chamá-las para me animar?
(Julieta referia-se a pedir socorro à mãe,
Senhora Capuleto, e à sua ama)
Não, não vale a pena!
Devo representar sozinha
a horrível cena:
a nós, cordial!
Mas se o veneno não fizer efeito?
Serei casada amanhã de manhã?
Não!
Porque isto (um punhal)
evitará tal coisa!

Era a cena em que Julieta tomava o sonífero para escapar do casamento, imposto por seu pai, com o Conde Páris. Na verdade, Julieta já estava casada, às escondidas, com Romeu...

Acho que escrevi, agora, o texto certinho. Talvez eu tenha errado na divisão das frases, mas o texto era este, ou quase-quase. Deixo assim tal como surgiu, neste instante, na minha cabeça. Engraçado: estou com sessenta e três anos, ainda lembro da bela tradução de Shakespeare feita por Onnestaldo de Pennafort!

Santa Rosa, o grande mestre das artes plásticas, fizera os cenários e os figurinos. Eu fora vestida nos trajes de Botticelli. Santa Rosa inspirara-se nos figurinos das "Três Graças". Dona Esther Leão nos ensaiara, por vários meses seguidos.

Eu era muito magra, usava enchimentos na roupa e cintilava em lantejoulas. Tinha dezesseis anos, mas, por ordem de Paschoal Carlos Magno, eu deveria dizer que tinha somente quinze. "Faz mais efeito em notícia jornalística" — recomendava o Paschoal, sorrindo.

Qual o motivo da fuga do colégio?

Dr. Rui me animava a escrever, eu tinha notas altas em redação. No resto, eu era um fracasso, odiava latim e tinha dificuldades gerais!

Cheguei a escrever uma poesia, muito triste, sobre uma mula-sem-cabeça, para o suplemento literário do antigo *Correio da Manhã*, sob pseudônimo.

A resposta dizia que eu tinha um talento... humorístico! Fiquei em estado de choque: eu escrevera sobre os sofrimentos de uma pobre mula sem cabeça e o crítico achara engraçado? DROGA!

Tal coisa ainda me acontece: as pessoas riem quando falo de tristezas! Aliás, o tema da tal mula ressurgiu, de repente, num livrinho que fiz para uma editora. Ali, fui sem cabeça mesmo: assinei um contrato que não deveria ter assinado. A editora sumiu, com livro e tudo. Agora reapareceu, com novos donos. Volto a ter esperanças... um pouco estremecidas, mas a fé remove montanhas, né? Veremos!

Dr. Rui me animava com boas notas de redação e eu seguia, aos trancos e barrancos, no curso Clássico.

Certo dia, depois de eu ganhar um dez numa das redações, Dr. Rui, em classe, falou que eu tinha tanto jeito para escrever... que pena que eu, uma garota de boa família, tivesse me metido com teatro!

Senti o sangue me subindo à cabeça. Alguns colegas davam risadinhas.

— Quer dizer que, se compreendi bem, Shakespeare é uma coisa com a qual a gente não deve se meter, hein?

— Sylvia, não seja atrevida!

— Eu? Eu estou sendo atrevida? Quer dizer que não é importante para a cultura o tal do Shakespeare? Ou... talvez, as mocinhas de boa família devam ir assistir a um Shakespeare representado por... por...

— Sylvia, não se atreva!

— Eu me atrevo, e saio do colégio! Vou ser atriz, com toda a honra que tal profissão maravilhosa me confere! Agradeço a todos pelo estímulo, pelas risadinhas, pelo apoio!

— Sylvia, eu não falei para ofender! Você tem talento para redação e...

— Dr. Rui, se um dia eu vier a escrever, eu juro, não vou escrever redações! O senhor não quis me ofender, agradeço a gentileza. Daqui pra frente, minha aula de português vai ser de texto teatral. E tem mais: eu adoro o novo edifício do Niemeyer, aquele do qual fizeram tanta troça aqui na sala: o do Ministério da Educação!

— O que tem isso a ver com o que falávamos, Sylvia?

— Tem TUDO a ver! TUDO A VER!

E foi assim, em prantos, que abandonei o colégio e deixei de ter aulas com Dr. Rui, de quem eu gostara tanto, antes!

Deve ser difícil ser professor. É aquela coisa, eterna, que falei no início: adulto esquece de respeitar os sonhos da adolescência!

Talvez para Dr. Rui nem houvesse acontecido algo de sério, provavelmente se esqueceu totalmente do fato.

Mas como teria sido minha vida sem tal acontecimento?

Hoje, quem sabe, se eu tentar um vestibular? Mas tenho tanto medo de matemática! Pior de tudo: e se eu passar? Ai, vou ter obrigação de seguir as aulas... credo!

Dr. Rui, o senhor errou... e acertou. Teve um tempo, importante, em que o senhor abriu bibliotecas, livros, interesses literários. O resto, como diria Shakespeare, o resto é silêncio. Aconteceu... há tanto tempo!

Televisão, teatro e companhias

Pois eu trabalhei em televisão, no tempo em que a gente não se orgulhava disso. A televisão surgiu, era olhada como algo que nunca faria frente ao teatro. Aquela máquina falava, mandava a imagem para a casa das gentes... em preto e branco, sem vídeo. Era tudo "ao vivo", em 1953.

Miroel Silveira dirigia um programa chamado *Teatro Retrospectivo Brasileiro*. As peças eram apresentadas, de fio a pavio, inteiras. Tínhamos pouquíssimo tempo para decorar tudo, uma loucura!

Mudávamos de roupa atrás dos cenários. Eu, muito míope, um dia mudei de roupa na frente da câmera, sem me dar conta, crente que aquela coisa embaçada, que eu quase via, sem óculos, era cenário! Que vexame!

Levamos peças de Gastão Tojeiro, Martins Penna... e até trechos de Anchieta; os textos de Anchieta, ai, eram chatíssimos, no meu ponto de vista.

Depois, Miroèl resolveu montar os gregos, as comédias de Aristófanes, cheias de cortes, porque eram consideradas pornográficas para a televisão.

A palavra "amante" era sempre trocada para "namorado", os beijos eram rapidinhos, tímidos.

No Teatro Municipal de São Paulo, ao lado de Sérgio Britto e Jaime Barcellos, apresentávamos *A tia de Carlitos*.

Ficávamos sentados no gramado, em frente à Record, decorando textos, numa aflição danada! Ítalo Rossi, lembro-me, odiava o sol, franzia a cara. Ítalo era um bom amigo, vinha sempre me visitar. Um dia, resolvemos pintar uma cadeira, deu preguiça, lambuzamos a tal cadeira de vermelho e preto, escrevemos trechos de textos teatrais sobre o assento! A cadeira ficou psicodélica!

De repente, fui convidada para trabalhar no grupo de teatro mais importante da época: o Teatro Brasileiro de Comédia.

Ali, fiquei amiga de Cacilda Becker, Fernanda Montenegro, Fernando Torres, Cleide Yáconnis, Walmor Chagas, Rubens de Falco, Carminha Brandão, Ziembinsky... Tanta gente querida! Citar todos os nomes seria impossível!

Com vinte e pouquinhos anos de idade, maquiada de velha, virei a ama de Maria Stuart, a grave Senhora Kennedy.

Manuel Bandeira traduzira do alemão a Maria Stuart, de Schiller:

Ó, nuvens errantes,
veleiros do ar!...

Eu conhecia o texto em alemão, língua dos meus pais, austríacos. Na plateia, assistindo a muitos ensaios, o velho poeta Manuel Bandeira. Quanta emoção! Era uma temeridade ensaiar em frente de tal tradutor! Cada palavra, cada pausa, tudo tinha seu peso, sua responsabilidade.

Tive a petulância, a ousadia, de dizer para Manuel Bandeira que gostara muito da tradução e que ele conseguira trazer a mesma musicalidade de Schiller para o português.Manuel Bandeira era meio surdo, muito míope, com dentes salientes, lindo! Porque existem pessoas que transgridem o conceito estático e vulgar da simples beleza.

Manuel Bandeira, fazendo força para escutar, sorriu tantos dentes! Ai, como os grandes poetas sabem ser simples!

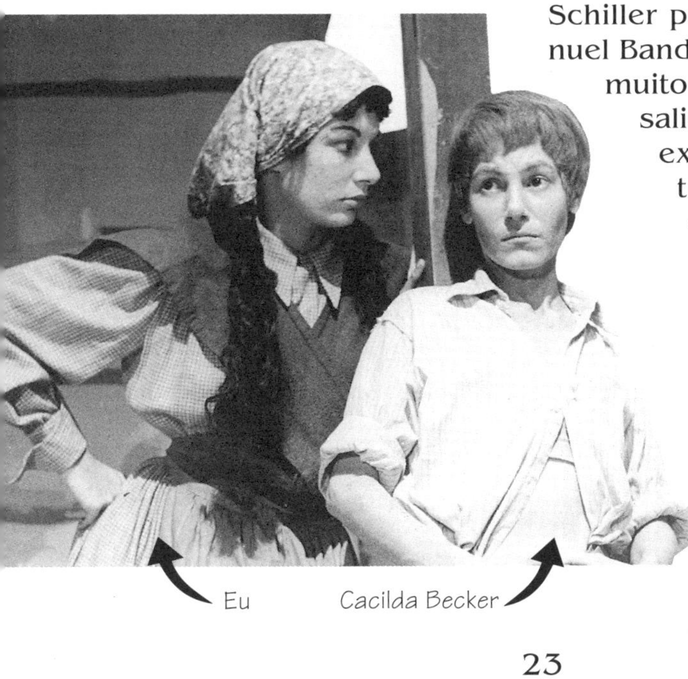

Eu Cacilda Becker

— Você gostou, Sylvia? Que bom! É tão raro a gente encontrar quem preste atenção a traduções!

Fiquei encabulada, um pouco apaixonada, talvez?... Manuel Bandeira me olhava com certas ternurinhas... E ele brincou, dizendo:

— Sylvia, você, tão moça, tão bonitinha, sendo transformada em velha, com tanta maquiagem!

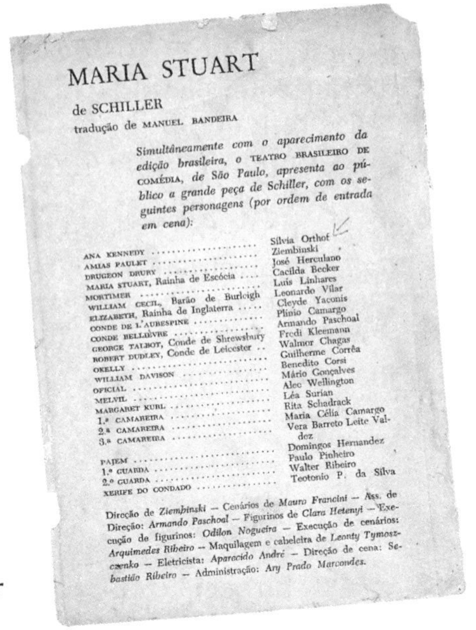

MARIA STUART

de SCHILLER

tradução de MANUEL BANDEIRA

Simultâneamente com o aparecimento da edição brasileira, o TEATRO BRASILEIRO DE COMÉDIA, *de São Paulo, apresenta ao público a grande peça de Schiller, com os seguintes personagens (por ordem de entrada em cena):*

ANA KENNEDY	Sílvia Orthof
AMIAS PAULET	Ziembinski
DRUGEON DRURY	José Herculano
MARIA STUART, Rainha de Escócia	Cacilda Becker
MORTIMER	Luís Linhares
WILLIAM CECIL, Barão de Burleigh	Leonardo Vilar
ELIZABETH, Rainha de Inglaterra	Cleyde Yaconis
CONDE DE L'AUBESPINE	Plínio Camargo
CONDE BELLIÈVRE	Armando Paschoal
GEORGE TALBOT, Conde de Shrewsbury	Fredi Kleemann
ROBERT DUDLEY, Conde de Leicester	Walmor Chagas
OKELLY	Guilherme Corrêa
WILLIAM DAVISON	Benedito Corsi
OFICIAL	Mário Gonçalves
MELVIL	Alec Wellington
MARGARET KURL	Léa Surian
1.ª CAMAREIRA	Rita Schadrack
2.ª CAMAREIRA	Maria Célia Camargo
3.ª CAMAREIRA	Vera Barreto Leite Valdez
PAJEM	Domingos Hernandez
1.º GUARDA	Paulo Pinheiro
2.º GUARDA	Walter Ribeiro
XERIFE DO CONDADO	Teotonio P. da Silva

Direção de *Ziembinski* — Cenários de *Mauro Francini* — Ass. de Direção: *Armando Paschoal* — Figurinos de *Clara Hetenyi* — Execução de figurinos: *Odilon Nogueira* — Execução de cenários: *Arquimedes Ribeiro* — Maquilagem e cabeleira de *Leonty Tymoszcænko* — Eletricista: *Aparecido André* — Direção de cena: *Sebastião Ribeiro* — Administração: *Ary Prado Marcondes*.

Eu fiquei deslumbrada! Ali, naquela poltrona do Teatro Ginástico, no Rio, ao lado de Manuel Bandeira... ouvindo um galanteio! Aí, sonsa, perguntei, só pra ouvir de novo:

— Eu não entendi direito... Eu sou o quê?

Manuel Bandeira, como todo mundo que é um pouco surdo, gritou, num tom além da medida:

— Você, tão bonitinha, fingindo de velha... Que pena!

Ziembinsky escutou, estava lá na frente, na plateia, já estávamos em fase final de ensaios. Ziembinsky era gozador, caiu na minha pele, dizendo que eu iria virar musa de poeta!

Eu detestava ser alvo de gracejos. A timidez, sempre disfarçada, vinha à tona.

Mas, no dia seguinte, alguém bateu na porta do meu camarim. Eu estava sendo envelhecida pelo querido maquiador do Teatro Brasileiro de Comédia, o José Jansen. Ai, não era fácil suportar cinco longos atos com quilos de falsas rugas, peruca branca, roupas grossas de época, enchimentos! Estávamos no Rio, calor insuportável.

Naquele tempo, o Teatro Brasileiro de Comédia, vulgo TBC, apresentava suas peças no Rio e em São Paulo, com companhia permanente, revezando espetáculos para as plateias paulista e carioca.

A porta se abriu. Lá estava o velho Manuel Bandeira, dentuço e sorridente, um livrinho nas mãos, com uma dedicatória simples. O livro era *Poemas traduzidos*, de Manuel Bandeira.

— O senhor subiu esta escada horrível para me trazer um presente? — perguntei, maravilhada.

Meu camarim ficava no primeiro andar, numa escalada de degraus altíssimos.

— Sylvia, eu acho que você ainda vai acabar escrevendo. Você tem sensibilidade para a palavra. Sinto que você gosta de poesia!

— Eu? O senhor me dizendo isso?

* * *

Depois, já velhota, escrevi *A fada lá de Pasárgada*, pela Editora Miguilim. Homenagem ao velho Manuel, poeta, bandeira da palavra!

Pra dizer melhor, sem explicar, porque poesia é coisa de asa, transcrevo, no avoado da estrela, o poema de Manuel Bandeira, aquele que fala de Pasárgada.

Se você ainda não o conhece, garanto, se você tiver um luar brilhando dentro da sua sensibilidade, você vai perceber que Pasárgada...

Ora, poesia é pra gente nadar dentro, ler, reler, ouvir. Tal como certas músicas, algumas poesias precisam ser conhecidas, relidas, ouvidas, bailadas... até tornarem-se frutas maduras do pomar das delícias!

Você gosta de manga, de jabuticaba?

Então, com certeza, você vai degustar 'Pasárgada', assim seja, amém!

Vou-me embora pra Pasárgada

Manuel Bandeira

Vou-me embora pra Pasárgada
Lá sou amigo do rei
Lá tenho a mulher que eu quero
Na cama que escolherei
Vou-me embora pra Pasárgada

Vou-me embora pra Pasárgada
Aqui eu não sou feliz
Lá a existência é uma aventura
De tal modo inconsequente
Que Joana a Louca de Espanha
Rainha e falsa demente
Vem a ser contraparente
Da nora que nunca tive

E como farei ginástica
Andarei de bicicleta
Montarei em burro brabo
Subirei no pau de sebo
Tomarei banhos de mar!
E quando estiver cansado
Deito na beira do rio

Mando chamar a mãe-d'água
Pra me contar as histórias
Que no tempo de eu menino
Rosa vinha me contar
Vou-me embora pra Pasárgada

Em Pasárgada tem tudo
É outra civilização
Tem um processo seguro
De impedir a concepção
Tem telefone automático
Tem alcaloide à vontade
Tem prostitutas bonitas
Para a gente namorar

E quando eu estiver mais triste
Mas triste de não ter jeito
Quando de noite me der
Vontade de me matar
— Lá sou amigo do rei —
Terei a mulher que eu quero
Na cama que escolherei
Vou-me embora pra Pasárgada

Sul da Bahia

Depois de algum tempo no TBC, casei com Sávio Pereira Lima e fui morar no Sul da Bahia, em Nova Viçosa. Sávio era médico e aventureiro, fomos para um lugar, naquele tempo, 1956, onde tudo era aventura!

Praias longas e desertas, uma casinha de operário. Ali, reinava o coronel Lolô, tio da minha querida Ana Maria Machado. Naquele tempo, eu não conhecia a Ana.

Às vezes, Eleozipo Cunha era chamado de coronel, noutras, era simplesmente seu Lolô, dono da serraria e dos navios que, em grandes intervalos, nos traziam notícias do Rio. Não tínhamos telefone. A luz elétrica era apagada às 18 horas, porque servia somente para a serraria. Que diferença da vida de televisão e teatro!

Utilizávamos um avião Cessna, monomotor, que transportava peixe de Nova Viçosa para Governador Valadares e alhures, e era pilotado pelo amigo e companheiro de aventura, chamado comandante Mariath. Sua esposa, Santinha, muito bonita, jovem, seguiu conosco no início da doideira, depois desistiu, o que não era de admirar.

Em frente da nossa casa havia uma enorme gameleira. À noite, os mosquitos traziam malária e os morcegos caçavam mosquitos, tudo dentro da nossa casa.

Claudia, minha filha, morou lá, ainda bebezinha. Fui ao Rio, só para o nascimento de Claudia, depois voltei com ela viajando de Caravelas para Nova Viçosa num barco pequenino, a motor. Viajávamos com uma sombrinha aberta, por causa do sol, Claudia completara somente um mês de idade. Claudinha pegou malária, um horror. Mas ficou boa, forte, alimentada com suco de caju e carambola. Eu ficava com Claudia, sozinha, enquanto Sávio viajava, metido no negócio de peixe e sendo o único médico do lugar. Às vezes, muitas, eu abraçava minha filhinha, com medo daquela solidão e íamos até o cais. Depois, passávamos na pensão de dona Adélia, onde Claudia ganhava suco de caju para beber.

Naquele tempo, não se acreditava na força do leite materno. As crianças eram desmamadas cedo, completava-se, erroneamente, a alimentação com leite em pó e suco de frutas. Mas Claudia resistiu e virou um bebê sorridente, alegre.

Ali, à luz de lampião, comecei a rabiscar poesias, pequenas histórias. Inventamos, a professora do lugar e eu, um teatrinho feito de sabugos de milho.

No atrasado da "pedagogia", as crianças que tivessem tido nota baixa, recebiam um cartaz, preso num barbante, amarrado no pescoço, dizendo que eram crianças vadias. Com aquele cartaz humilhante, visitavam, à força, os três estabelecimentos comerciais: o armazém, o armarinho e a quase-farmácia.

Tentei dizer que aquilo não estava certo, mas ninguém me escutava.

Ali era assim, e pronto!

Pulando amarelinha

Hoje foi um dia em que danei de escrever. Levantei às quatro da manhã, aproveitei o silêncio e fui deixando a palavra escorrer. Depois, baixou o sono, cochilei, retomei a tarefa e confesso que sinto um prazer infantil em pular amarelinha na calçada da memória.

Penso em Brasília, onde fui morar com Sávio, meu primeiro marido, pai de Claudia, Gê e Pedro... O tempo afastou Sávio de nós, ele faleceu em 1972, teve câncer hepático. Foi muito triste, muito doloroso!

E, se conto tudo isso, é porque foi pelos livros que curei as feridas e consegui, arregaçando as mangas, refazer a vida. *Tudo vale a pena, se a alma não é pequena* (Fernando Pessoa).

Sávio tinha sido médico dos filhos do presidente João Goulart. Depois de Nova Viçosa, numa passagem de um ano e meio por Petrópolis, onde nasceu Gê, fomos para Brasília, em 1960, no tempo da inauguração.

Com Golda de Oliveira, boa amiga, fizemos o *Teatro do Candanguinho* na TV Brasília, com fantoches. Comecei a tomar gosto e escrevia textos para bonecos, em 1960 e 61.

Depois, fui coordenadora do Teatro do Sesi, montamos um espetáculo lindo: *Morte e vida severina*, de João Cabral de Melo Neto.

1964 trouxe uma época complicada: os militares haviam tomado o poder. Qualquer pessoa corria o perigo de ser tachada de subversiva, sobretudo trabalhando com operários e estudantes. De repente, perdi meu espaço no Sesi.

Na Universidade de Brasília, passei de professora de teatro para professora de maquiagem. O que seria aquilo?

Eu dirigia um grupo, na UnB, o TEMA, com meu primeiro texto escrito, *Cristo versus bomba*. Esse texto, levado por Eduardo Cabus, foi para a Sorbonne, em Paris. Era um grito contra a guerra. Ganhou o Prêmio de Melhor Espetáculo de Teatro de Estudantes, no Rio.

Fomos convidados para representar o Brasil, no Festival de Teatro, em Nancy. Que alegria!

Havia a censura. Meu texto, para poder viajar, tinha que ser censurado novamente.

Fui ao Serviço Nacional de Censura buscar o documento, que havia caducado. Ao lado, no mesmo andar, funcionava o temido DOPS. Diziam que muita gente havia sumido por ali.

De repente, um funcionário me avisou que o Diretor do DOPS queria falar comigo, que eu ia receber o papel da censura, mas que eu esperasse numa sala.

Ingênua, respondi que não seria necessário falar com o Diretor do DOPS, eu só queria pegar o papel, para viajar com os estudantes para Nancy.

O funcionário sorriu, abriu uma porta, mandou que eu entrasse, dizendo:

— A senhora não quer falar com o DOPS, mas o DOPS faz questão de falar com a senhora.

Compreendi. Entrei em pânico. Sávio não estava em Brasília, tinha viajado para o Rio.

Eu havia marcado um encontro com um aluno de teatro, o meu amigo Nando Cosac, para darmos continuidade aos papéis da viagem do grupo.

Se eu sumisse? Pedi licença para telefonar pra casa, expliquei que precisaria dizer que iria demorar, para a empregada buscar as crianças no colégio. Recebi autorização para o telefonema.

— Alô, Leó?

Leó era nossa empregada, uma pessoa adorável, simples, meiga.

— Leó, liga para o Cosac e diga que vou demorar. Você pega as crianças no colégio. Presta atenção: diga ao Cosac que estou no DOPS.

— Onde?

— No DOPS.

— Drops?

— Não, Leó, é DOPS.

A ligação foi cortada.

Silêncio. O funcionário me olhava.

— A ligação caiu. Posso ligar novamente?

— Não.

— Não?

— Não. É que os telefones, madame, andam péssimos. Não vai dar mais pra ligar.

Claudius

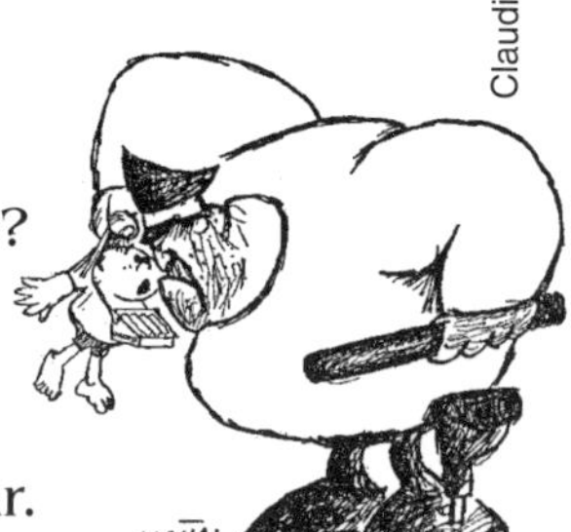

— Eu só gritei "Olha o DROPS!"

A porta da saleta fora fechada. Fiquei sozinha. Não tive coragem de verificar se o homem trancara a porta. O tempo passava, e o tempo não passava...

Será que Leó daria o recado? Pelo menos, se ela falasse DROPS, o Cosac compreenderia.

A porta foi aberta e o funcionário disse que o diretor do DOPS estava me esperando, no gabinete.

Entrei. O gabinete tinha um enorme mapa do Brasil na parede. Um homem grisalho, alto, esperava por mim. Um outro, com jeito subalterno, estava sentado em frente de uma máquina de escrever.

— Então, a senhora escreveu uma peça, dirige um teatro estudantil e pretende ir para Nancy, na França?

— Pois é, vim buscar a liberação da censura.

— A senhora sabe que Nancy é um centro de comunistas? Como foi que a senhora resolveu ir para lá?

— Nosso espetáculo foi escolhido como representante do Brasil, por Monsieur Launnay, que veio da França e...

— Foi na Universidade de Brasília que apareceu o Monsieur Launnay? A senhora sabe que a universidade está cheia de comunistas?

— Eu não sei. Sei de teatro, adoro meu grupo, gostaríamos de...

— Amanhã, sem falta, estou esperando a senhora aqui, com a lista detalhada de todos os estudantes que trabalham com a senhora. Quero um relatório sobre cada um deles.

Tomei coragem, sei lá como, e disse:

— Eu não sou dedo-duro!

— A senhora não é? Mas eu sou, compreendeu? Amanhã, sem falta, aqui, às quatro da tarde, com a lista inteirinha.

— O senhor me dá licença de reunir o grupo, de pedir que cada um escreva sobre si? Eu não sei da vida detalhada de cada um... e não gostaria de fazer a tal lista. Somos gente de teatro, lutamos pela cultura.

— A senhora faça do jeito que achar melhor. Amanhã, certamente, estará aqui... de livre vontade. Aceita um cafezinho?

Aceitei. Minha mão tremia, derramei um pouco de café, fazia força para não demonstrar o pavor que tomava conta de mim. Como entregar a lista, ser digna, fiel aos meus alunos e amigos? Pra que eu fora escrever uma peça de teatro? E agora?

Voltei pra casa, trêmula. Na hora da despedida, evitei dar a mão ao chefe da censura, não queria que ele sentisse minha mão gelada, prova evidente do meu medo.

Aí, fiz algo muito doido: o chefe de censura estendeu a mão, fingi não notar... e sapequei dois beijinhos em suas bochechas!

Um clima tenso

Fui pra casa, falei com Nando Cosac. Cosac me deu a ideia de não ir sozinha ao DOPS, de ir acompanhada da mãe de Ana Miranda (hoje Ana é escritora famosa) e de Marlui Miranda, a ótima cantora. Ambas trabalhavam no grupo TEMA, Teatro de Máscaras.

Inocente, combinei e falei tudo pelo telefone.

— Eu vou de colar de pérolas verdadeiras, bem "madame", pra não parecer comunista. (...Coisa que, realmente, eu não era!)

À noite, num clima tenso, os estudantes vieram à nossa casa, convocados por mim. Contei da aflição. Cada um, num gesto estoico, fez sua ficha e me entregou.

Bateram à porta. Um homem bem-vestido disse que seu carro havia enguiçado. Pediu licença para usar o telefone e olhou de esguelha para a estudantada.

Nem desconfiei, autorizei, gentilmente, que o homem usasse o telefone.

O homem saiu.

— Sylvia, você não percebeu? Aquele homem era tira, grampeou o telefone!

— Ora, gente, não vamos deixar que a fantasia chegue a tal ponto! A lista vai ser entregue, não temos o que esconder...

Aí, um dos músicos declarou que saía do grupo, não iria mais pra Nancy.

— Mas você vai nos deixar?

— Abandono o barco. A situação está preta, vocês não se deram conta!

Do lado de fora da nossa casa, parado, havia um carro de polícia.

E agora?

Mas o carro não se mexeu, os estudantes saíram em paz.

... EM PAZ?...!

Eu Nando

Cristo versus bomba... ou bomba versus Cristo?

A verdade é que *Cristo versus bomba* foi liberado pela censura, recebi autorização para a viagem. Tudo simples: Monsieur Launnai deveria receber o texto, rapidamente, para não perdermos a inscrição no Festival de Nancy.

O pessoal do Departamento de Censura garantiu que tudo estava liberadíssimo: eu deveria ir ao aeroporto entregar o texto para um comandante, ele o levaria diretamente ao destino; assim, recuperaríamos o tempo perdido com muitas idas e vindas à Censura.

JORNAL DE BRASÍLIA

"Cristo x bomba" estréia amanhã

Estréia amanhã, às 21 horas, no Teatro Martins Pena, a primeira peça do "Grupo Jogral", formado por ıtores amadores do Teatro de Estudantes de Brasília. A peça é de autoria da Sr.ª Silvia Orthof e tem por ema a viagem de um astronauta, "contra-imagem" de Cristo no espetáculo-poesia e que subindo aos céus julga-se Deus. Paralelamente se desenvolve a situação terestre com fome de pão e onde três reis, antes unidos, erdem a paz. Este é o tema de "Cristo versus Bomba". ebastião Macedo compôs as músicas para o texto de ilvia Orthof e é o diretor musical do espetáculo. Em rincípio, a peça deverá permanecer no Martins Pena até o dia 18 e ela é a primeira que o "Grupo Jogral" encena.

O elenco dirigido pela professôra Silvia Orthof está formado por Lena, Marlui, Moema Eli, Jardelina, Ana Esther, Antônio Augusto, Carlos Roberto, Sylvain Levy e Alfredo.

Este mesmo grupo e outros pertencentes ao Teatro do Estudante de Brasília foram responsáveis — dirigidos também pela Sr.ª Silvia Orthof, pela apresentação da peça "As Caravelas", que foi sucesso nas representações dêste ano na "Aldeia", de Pascoal Carlos Magno e no Teatro Martins Pena.

Fui ao aeroporto de Brasília, com Cosac. Lá, pedi para falar com o comandante, mas ele não apareceu.

Dois homens, de terno azul-marinho, muito formais, garantiram que eram emissários do comandante, que eu deveria entregar o texto a eles e que tudo chegaria ao seu destino.

— Sylvia, terno azul-marinho é roupa de tira. Duvido que o texto vá chegar! — sussurrou Cosac.

— Ora, você está com mania de perseguição! — respondi.

Mas Nando Cosac acertara: o texto sumiu, não fomos pra Nancy.

Pouco tempo depois, abrindo o jornal, vi, com espanto, uma notícia estarrecedora: diziam que eu fazia parte da equipe de um senador, homem da direita absolutíssima, pessoa que eu nem conhecia.

Liguei para o tal gabinete, num ato de coragem:

— Aqui é Sylvia Orthof, estou telefonando por causa da falsa notícia que saiu no jornal dizendo que faço parte de uma equipe...

Do outro lado, uma voz masculina, num tom irônico, respondeu:

— Mas a senhora não gostou da notícia? Queríamos homenagear a senhora, que tanto está fazendo pela cultura brasiliense...

Desligaram, sem que eu pudesse dizer qualquer coisa.

Compreendi: a notícia, pérfida e inteligente, faria com que os estudantes, meus amigos da Universidade, desconfiassem de mim. Era um tempo de medo.

Pedi demissão da Universidade. Não havia mais clima.

Lógico que o meu grupo, aquele do TEMA, percebeu a jogada, ficou comigo pra o que desse e viesse. Mas o TEMA não conseguiu mais sobreviver.

Entrei em depressão. Pior de tudo: recebi um "convite" para ser professora de teatro da Academia de Polícia! Vieram me apanhar em casa, num carro moderno, vermelho, com um rapaz de cabelo comprido, sandálias de couro, camisa florida.

Antes de eu entrar no carro, o rapaz, policial que caprichava num visual descontraído, saiu do automóvel e avisou, baixinho:

— Cuidado! Não comente nada dentro do carro, tem gravador!

— Por que está se arriscando a me dizer isso?

— Porque adoro teatro. A senhora tem que ser professora da Academia de Polícia, não vai dar pra escapar.

Notei que o rapaz dizia a verdade. Seu cabelo, longo e louro, parecia tingido. O automóvel era superesportivo... Quem visse, pensaria que o rapaz era filho de papai rico.

— Mas... eu estou apavorada! — Confessei, pensando nos meus filhos, ainda pequenos. Que sufoco!

— Não tenha receio. Tudo vai dar certo, enfrente do jeito que a senhora é. Para mim, a senhora é inocente.

— Mas... Eu nem mexo com política!

— A senhora só precisa perceber que a brincadeira acabou.

— Vão me prender?

— Mudando de professora de teatro para professora de censores, eles alcançam o objetivo.

— Estou ferrada?

— Não. Disseram que a senhora devia ser presa, que é comunista. Mas alguém, de força, pessoa correta, inteligente, defendeu a senhora.

— Quem?

— O Jarbas Passarinho. A esposa dele, dona Ruth, foi do Teatro do Estudante, ele gosta de arte, de cultura. Ele disse que tem gente com mania de dizer que todo mundo é comunista. Liberaram seu nome. Por favor, esqueça tudo o que eu disse, falei demais. Vamos entrar no carro?

Lembrei que o ministro Jarbas Passarinho havia assistido ao espetáculo que dirigi, no Sesi, *Morte e vida severina*, e que batera palmas, entusiasmado. Como foi importante esse gesto dele! Sou agradecida, até hoje.

Obrigada, ministro Passarinho, de coração!

Viravoltas

Do grupo O Realejo faziam parte Vicente Pereira, meu amigo inesquecível, queridíssimo, que foi embora deste mundo e deixou um grande vazio, Sérgio Mauro, Claudio Gaya, que foi dos Dzi Croquetes, também falecido, e eu. O Realejo era um teatro poético ambulante, patrocinado pela Fundação Cultural de Brasília.

Graças a Deus, depois de pouquíssimas aulas para censores, lá na Academia de Polícia, eles enjoaram de ter que estudar as Procissões Dionisíacas e me liberaram. Foi um alívio para ambas as partes, credo!

Tive amigos-alunos (de teatro) maravilhosos. Um deles, Murilo Eckardt, cenógrafo e figurinista fantástico, hoje diretor de teatro, que, ainda ao lado de Golda, no antigo Teatro do Candanguinho, fazia a Bruxa Fedegosa, de forma engraçadíssima. Murilo é meu amigo-irmão.

Tanta gente!

No espetáculo *As caravelas*, todo o elenco de estudantes, ai, que saudade! E Lena, com sua voz possante, fora do comum? Ela fez duo com um rapaz tímido, de sobretudo comprido, chamado Ney Pereira, muito amigo do Vicente.

Ney trabalhava no Hospital Distrital. Fazia um artesanato lindo, cantava afinadinho, escondidinho... Um dia, ele me deu um colar de couro, uma serpente enroscada, toda colorida.

Certa tarde, Ney veio me procurar e disse:

— Sylvia, não suporto mais trabalhar no hospital. Eu quero cantar, viver disso. Vou pedir minha demissão. Será que você, em Ouro Preto, não quer me levar como assistente de teatro?

Eu ia para o Festival de Inverno, em Ouro Preto, como coordenadora de Teatro, convidada pelo Julinho Varella, da Universidade Federal de Minas Gerais.

— Ney, você vai pedir demissão do hospital... e viver de quê, seu doido?

— Vou me arriscar, Sylvia. Não vou ficar no hospital, trabalhando na chatura do laboratório, nem quero ser *crooner*. Vou cantar pra valer... Ou vai, ou racha!

Falei com Julinho Varella. A resposta foi negativa: os coordenadores não poderiam ter assistentes, a verba era curta.

Fui pra Ouro Preto e, de repente, apareceu o Ney.

— Sylvia, larguei tudo. Vou ser seu assistente, só preciso de um canto pra dormir e uma comida de bandejão!

— Você é louco, Ney!

— Tomara que eu seja um louco iluminado!

Ney foi dormir numa república de estudantes, chamada Pulgatório. Ele se metia em serenatas, à noite. Pela manhã, eu ia, danada da vida, sacudir o Ney, fazer com que ele estivesse presente aos ensaios. Mas eu gostava muito dele, compreendia e respeitava aquela coragem, aquela determinação, uma boemia musical e linda.

— Ney... e depois do Festival de Inverno, o que vai acontecer com você?

— Eu vim pra conhecer gente, me enturmar, vou pra São Paulo.

Um dia, fiquei fula com o Ney. Era quase hora de um espetáculo e ele, muito anjo, virou pra mim e disse:

— Sylvia, você não acha que está na hora de você dizer pro pessoal se maquiar?

Ney esquecera que era assistente. Fiquei uma onça e retruquei, irritada:

— Eu? Sou eu que tenho que ir, Ney?

Hoje, peço desculpas pela minha falta de visão. Ainda bem que a raiva foi rapidinha, fizemos logo as pazes. No final de julho, época do festival, Ney fazia aniversário e era muito querido. Fizemos uma serenata pra ele.

Ney comeu o pão que o diabo amassou, lutou, sofreu, mudou de nome e, ALELUIA! VIROU NEY MATOGROSSO!

Lúcio Moreira/Azul Press

Secos & Molhados.

Confusão de datas e fatos

Tem gente organizada que sabe das datas direitinho. Este depoimento, perdão, mistura estações, não tem ordem cronológica certa. *Mea culpa*. Vou escrevendo, tal qual os fatos chegam na minha doida cabeça.

Volto ao Vicente Pereira: eu o conheci, muito garoto ainda, e ficamos superamigos.

Um dia, voltando de Taguatinga, havia um enorme arco-íris no céu.

Vicente olhou e comentou:

— Sylvia, eu acho que Deus escolheu um troço tão cafona pra ser arco-íris!

A inteligência de Vicente era totalmente original e única.

Sua morte me abalou, de verdade.

— Oi, Vicente! Cuidado, anjo, pra não escorregar no arco-íris!

Murilo Eckardt, com certeza, é o próprio arco-íris! Tudo o que ele faz é amarelo, rubro, laranja! Há pouco, indo pra Brasília, soube que ele montou um texto meu, *A gema do ovo da ema*.

Vi o boi-bumbá do espetáculo, vi os acessórios: ai, valeu! DE VERDADE!

Murilo é talento em alaranjados, escarlates, lilases, dourados! Ele é escritor de cores!

A viagem de um barquinho

E o tempo deu voltas, voltinhas, empurrões, bofetadas, felicidades, lágrimas...

O tempo é um rio, imagem pouco original. Só falta eu dizer que o tempo é um rio que corre pro mar... Ai, que horror de lugar-comum!

Mas foi assim, através de um rio azul, de pano, um rio de faz de conta (de *A viagem de um barquinho*) que Ana Maria Machado pulou dentro da minha vida e virei escritora (dizem) de textos acriançados-adultentos. Mas antes...

Eu ficara viúva de Sávio, deixei Brasília.

O que me aconteceu, em matéria de tristezas, deixo pra lá. Sacudo a poeira, é bom dar a volta por cima.

Alguns amigos me auxiliaram. Agradeço, comovida. Não vou citar nomes, este livro é depoimento sobre literatura. E citações de nomes, sobretudo muito queridos, podem fazer com que cometamos um esquecimento injusto.

Quem me ajudou, sabe. Eu sei. Obrigada, gente amiga! Perdão pelo silêncio.

Dentro do silêncio cabem outras pessoas, também, que souberam magoar, atirando aquela pedra, a da Bíblia.

Quase esqueci e quase perdoei. Falta um tiquinho... eu chego lá! Um dia, eu chego lá. Porque já estou no chegadinho, no azul daquele rio de pano...

A viagem de um barquinho tem um rio azul, de algodão, que faz parte do cenário do espetáculo. Por aquele rio vim para a literatura, num barquinho de papel.

Eu chego lá e explico melhor!

Pois é, o tempo passou, mas eu precisava dar um rumo profissional à minha vida.

Recebi um convite de Carlos Kroeber para trabalhar no teatro, ao lado de Tônia Carrero.

Meus filhos estavam abalados, morando no Rio, sem pai, tudo diferente, difícil. O convite era maravilhoso, mas não aceitei. É, não aceitei... Eu não deveria, naquele instante, deixar as crianças sozinhas, à noite, enquanto voltasse a trabalhar como atriz.

Resolvi seguir meu instinto materno, mas fiquei abalada. Agira certo? Era uma grande oportunidade...

De repente, no jornal, eu li que havia um concurso de dramaturgia infantil, promovido pelo Teatro Guaíra, no Paraná.

Falei pra Claudia:

— Filha, vou tentar ganhar este concurso. Vou escrever uma peça, ganhar o primeiro lugar, levar o espetáculo para o Museu de Arte Moderna e assumir um trabalho que não seja noturno! Vou ganhar! Ninguém precisa mais deste prêmio do que eu!

Escrevi *A viagem de um barquinho*, enviei o texto, sob pseudônimo.

Por via das dúvidas, fui comprando bilhetes de loteria, numa esperança de sair do buraco.

Certa noite, recebi um telefonema: eu ganhara o primeiro lugar. Pensei que o bilhete de loteria tivesse sido sorteado, fiz uma confusão total! Só depois, prestando atenção, descobri que era *A viagem de um barquinho* que ganhara a primeira colocação!

Quem telefonava era a grande Ana Maria Machado, queria saber quem eu era...

E, depois deste prêmio, inventei o Grupo Casa de Ensaio e, tal como sonhara, fui apresentar o espetáculo no Museu de Arte Moderna.

Isso foi em 1975. Antes da estreia, uma grande tristeza: minha mãe, a querida contadeira de histórias, Trude, faleceu de um ataque do coração.

Fiz o espetáculo em homenagem a ela, dentro da dor, sem contar pra ninguém.

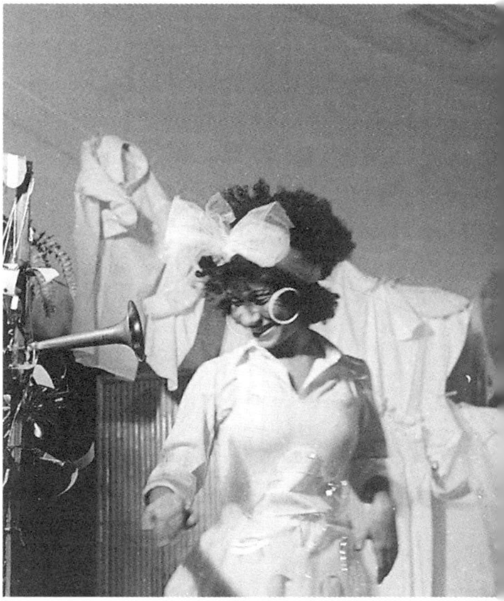

Claudia interpretou a lavadeira do espetáculo e Gê representou o barquinho, na primeira montagem. Pedro, o caçula, não sentia vocação para ser ator, além de ser ainda um garotinho.

Os dois filhos maiores, Claudia e Gê, estavam adolescentes... Pouco depois, seguiam por águas próprias.

Eu também refizera minha vida: casara com Tato, viúvo de minha grande amiga Pola. O destino nos juntara. Éramos dois amigos, viúvos, em novo rumo.

Hoje, Tato é ilustrador de muitos dos meus livros.

Os livros editados

A *viagem de um barquinho*, vencedor do concurso em que Ana Maria Machado fora uma das juradas, me abriu os caminhos. Ruth Rocha era editora da revista *Recreio*. Um dia, ela telefonou, pedindo uma história. Deve ter sido insinuação da Ana, porque Ruth e Ana eram cunhadas, além de amigas.

Senti que tinha chegado a hora: passei a noite em claro, escrevi vinte historietas e mandei tudo para ela, mentindo que eram escritos antigos.

Ruth levou um susto. Mas a Ruth Rocha é bem-humorada, deu carta branca à minha louca produção, aceitou tudo, e foi publicando pela Editora Abril.

Para poder enviar vinte histórias, havia um segredo: eu começara a colecionar ideias que pensava que poderia transformar em teatro infantil. Tinha uma caixa, lilás, cor de magia, onde colocava papeizinhos, rabiscos, notícias de jornal, tudo que pudesse virar enredo. A caixa, desbotadinha, existe até hoje.

Prêmio "Altamente Recomendável Para Crianças" -FNLIJ-

Isso me valeu naquela noite, tão abençoada!

E surgiu Eliane Ganem, outra grande escritora. Ela pediu livros, me ajudou tanto!

A Codecri, na Coleção Pasquinzinho, publicou *Mudanças no galinheiro*, livro que recebeu prêmio, ilustrado por meu filho Gê Orthof.

Eu nem acreditava: Ana Maria Machado, Ruth Rocha, Eliane Ganem, Fanny Abramovich me tratavam de igual para igual!

E descobri que o fato de ser escritor envolve outra verdade: a generosidade interior, que vira palavra!

O fato de eu escrever precisando ganhar dinheiro não me incomodava. Pelo contrário, era um estímulo, trazia energia.

Aos quarenta e oito anos publiquei meu primeiro livro. Hoje tenho mais de cem publicados, porque fiquei com a sensação de plenitude, vigor, vontade mesmo de escrever todos os dias! Não abandonei o teatro, mas o leque foi aberto, ave, alegria!

Acho que essa satisfação toda, certamente, tem a ver com minha condição de mulher: minha geração havia sido tão submissa!

A grande atriz Apolônia Pinto, falecida em 1937, pouco lembrada, certo dia, numa festa, ouviu uma outra atriz dizendo: "Apolônia Pinto trabalha e quer dinheiro, eu trabalho pela arte".

Apolônia respondeu: "É isso mesmo: você trabalha pela arte, eu trabalho pelo dinheiro... cada uma trabalha pra conseguir aquilo que não tem!"

Acabei de escrever esta frase... Ai! NÃO ACREDITO! O correio trouxe meu último livro editado, enviado por Sonia Junqueira, chamado *Fantasma de camarim* (*Doideiras de Apolônia Pinto*). Gente, hoje é dia 27 de dezembro de 1995, a Formato me enviou o livro, com ilustrações lindas de Anna Göbel.

Escrever tem misturanças de magia, ora se!

Eu não acredito... desacredito... ACREDITANDO!

Esse livro foi escrito em 1992... Custou a ser editado e veio parar nas minhas mãos agora, quando escrevo o nome da Apolônia? E o mais estranho: já na narrativa do tal livro, há coincidências que nunca vou conseguir explicar...

Comigo, o teatro se mistura sempre com livro!

O Teatro do Livro Aberto

Acho que, neste meu depoimento, o livro sempre está misturado com o teatro.

Agora moro em Petrópolis, já faz dez anos, mais ou menos. Nunca sei direito das datas, eu já disse isso antes.

Em Petrópolis, um pequenino grupo de atores-cantores-músicos trabalha comigo. Hoje é composto por Fernando Vianna, Eliézer Machado e Ozéyas Brother. Dele já participaram outras pessoas, como o músico Marco Aurê e a atriz Marise Manhães, além de outros, que fizeram breves passagens. Tato, meu marido, cuida dos cenários e eu faço de tudo um pouco: transformo livros em teatro, dirijo, invento acessórios, me descabelo e adoro inventar novidades!

Fernando Vianna.

O Teatro do Livro Aberto é mambembe-ensaiadíssimo. Viaja, tal qual ciganos, visita escolas, teatros, auditórios, praças.

Nesse tipo de trabalho, o livro sofre uma transformação de linguagem. Porque livro não é teatro, nem teatro é livro. Fernando Vianna está trabalhando comigo há oito anos e foi virando outra pessoa. Assisto à transformação, maravilhada.

O fato, na verdade, da tal transformação não é porque ele trabalha comigo. Seria muita presunção da minha parte. A dedicação verdadeira a um trabalho modifica as pessoas, elas desabrocham, aprendem no próprio *atelier* da vida. É lindo!

Eliézer tem somente dezenove anos e "seguiu o circo", saindo lá do Rio Grande do Sul, de Passo Fundo. Ele canta, toca, interpreta, tem talento e entusiasmo.

Ozéyas Brother é uma pessoa-cantante, com um sorriso de lua, uma grande meiguice que encanta adultos e crianças, uma voz fora do comum, além de ser compositor.

Neste ano, 1996, completo quinze anos de livros editados. Como adoro escrever, a produção cresceu demais e, hoje, tenho a ajuda da doce Lúcia Riff, minha agente literária.

Ozéyas Brother e Eliézer Machado.

Brincando no computador

Comecei este depoimento dizendo que eu era um feto pleno de dúvidas. Eu não acreditava, lá na barriga de minha mãe, que poderia existir outra espécie de vida para mim. Eu só entendia de vida intrauterina.

Agora, fico cismando: estou velhusca. A velhice acontece pra gente como um susto. É uma sacudidela, uma tomada de consciência: nós não somos o umbigo do mundo.

Será que existe um outro canal? Sairei por ele, tal qual parti de dentro do útero que eu considerava a minha base única de vida?

Pode parecer triste. Na verdade, ser velho é uma espécie de sapiência. A gente acorda, fica pensando... O espelho devolve a imagem do tempo.

Escrever é bater papo. Somos tantas imagens, tantos sentimentos!

Apesar de muitos terem duvidado, como Tato, meu marido, e Pedro, meu filho, aprendi, aos sessenta e três anos, a mexer com o computador. Diziam que eu seria incapaz. Dei uma risadinha por dentro e resolvi aprender pra valer. Aconteceu de modo tão fácil! Aí, mais uma certeza aconteceu: a gente é capaz de fazer aquilo que a gente, *realmente*, determina. É ótimo começar coisas novas sempre.

Deixei de ser atriz, virei escritora. Isso aconteceu quando eu tinha quarenta e oito anos e já me envergonho, de ter tantos livros editados: mais de cem! Digo que me envergonho porque as pessoas podem pensar que escrevo "a metro". A verdade é outra: ter um interesse novo, já em idade em que muitos pensam em aposentadoria, isso nos dá um impulso, um vigor que nasce da novidade.

Adoro, me enrosco de felicidade, me amarro neste novo brinquedo: o computador! Acho que, para se escrever nele, a gente pode fazer dançar as letras, **aumentando**, ***mudando***, variando e interpretando, tal qual num teatro, um texto.

Acho que existe, sim, um canal que nos leva para novidades, sempre. É só a gente acreditar que o mundo é livro, nós somos personagens e intérpretes...

Ler e escrever são uma coisa só. Não dá pra dividir. Quando me apaixonei pela palavra, foi aí que começou.

Eu escrevia muito errado, sem vírgulas, tropeçando nas gramatiquices. Os acertos vieram pelos livros que li, nunca por uma aula formal. Quando batia uma dúvida, eu telefonava pro Naumim Aizen e perguntava: ponho vírgula?

Naumim achava graça e ia explicando. Obrigada, Naumim, valeu!

Pouco a pouco, fui me adaptando.

O teatro é uma escola. Fui colega de teatro e amiga de gente maravilhosa que hoje escreve pra valer: Lígia Bojunga e Paulo Francis, meus doces amigos. Trabalhamos juntos no Teatro Copacabana, há tanto tempo! A última vez em que vi Francis foi há uns trinta e muitos anos. A gente se manda recadinhos, através da nossa amigona Zillah. Os recadinhos são carinhosos. Francis é uma pessoa especial. E Lígia, essa virou fada da literatura, daquela que as pessoas rotulam de literatura infantil ou juvenil.

Essa é a minha maior dificuldade: rotular escritores, dizer que cada um é de uma escola... Eu acho que somos gente, cada gente é única, amém!

Dentro de cada texto, o escritor está escondido e me vem à memória, de repente, um trecho do grande Fernando Pessoa:

O poeta é um fingidor.
Finge tão completamente
Que chega a fingir que é dor
A dor que deveras sente.

Tchauzinho!

Sinto que cheguei ao final deste depoimento. Odeio esticar o que merece um ponto final.

Evitei, ao máximo, falar das coisas tristes, as chateações, os desencontros que, infelizmente, sempre acontecem, de vez em quando.

Em certas horas, foi preciso mexer no baú das memórias mais sofridas...

Descobri um jeito ótimo de não ficar entalada, com vontade de contar algumas passagens que custei a engolir: escrevi tudo, tudinho... depois, apaguei no computador!

Nem tudo merece ser contado. Acho linda a ficção, o faz de conta!

Escrever sobre a gente é complicado! Existem duas verdades: a nossa e a do outro.

Ou existem três verdades, hein?

A nossa,

a do outro

e

a

verdade!?!

Post-scriptum

Quando um livro se adormece,
se termina, se esquece,
o tempo vai e se avoa!
Das palavras fiz um ninho
e cantei desafinado,
mas o canto, mesmo errado,
é cometa em céu da boca!

cometi este escrito,
ai, doideira e maluquice,
fiz cochicho, diz que disse,
me virei pelo avesso!

Todo fim é recomeço,
todo pouco é o bastante,
toda linha de escrita
é um traço de horizonte!

Já é tarde, vou-me embora,
toda vida é tão memória
de mil maneiras contada!
Só ousei certa saudade
que pousou no que me lembro.

Toda estrada é faz de conta,
por isso a poesia apronta
sempre uma nova paisagem.
Boa viagem!

A seguir...
uma página em branco,
pois é,
para cada um
imaginar o que deixei de
dizer...
A letra é grande, porque
deixei **muita** coisa
secretérrima, ora!

(Página em branco para cada um imaginar o que deixei de dizer.)

... Ei, não fantasie demais, tá?

O resto é silêncio.
(Frase de Hamlet, de Shakespeare)

Ou melhor: o resto é vida.

Obras da autora

A partir de 1981, publiquei os seguintes livros:

Atual

- *A poesia é uma pulga*
- *Guardachuvando doideiras*
- *Infância e velhice*
- *Quem roubou o meu futuro?*

Agir

- *Vovó viaja e não sai de casa*

Artes e contos

- *A rainha rabiscada*

Ática

- *A limpeza de Teresa*
- *As visitas de dona Zefa* (contratada)
- *A vaca Mimosa e a mosca Zenilda*
- *Avoada, a sereia voadora*
- *Fada Cisco-Quase-Nada*
- *Fraca Fracola madame d'Angola*
- *João Feijão*
- *Maria vai com as outras*
- *Pomba Colomba*
- *Tumebune, o vagalume*

Braga

- *Caminho de minhoca*
- *Canarinho, cachorrão e a tigela de ração*

Círculo do Livro

- *As casas que fugiram de casa*

Ebal (Brasil-América)

- *A barriga de H. Linha*
- *Ponto de tecer poesia*

Ediouro

- Coleção *Assim é se lhe parece* (contendo seis livros, cada um com uma história)
- Coleção *Eles São Sete* (contendo sete livros, cada um com um conto sobre um dos sete pecados capitais)
- *Fada Fofa e os sete anjinhos* (aprovado)
- *Fada Fofa em Paris* (com ilustrações da autora)
- *Mais-que-perfeita adolescente*
- *Manual de boas maneiras das fadas* (com ilustrações da autora)
- *O livro que ninguém vai ler* (contratado)
- *Que raio de história!*
- *Adolescente Poesia* (no prelo)
- *O livro que ninguém vai ler* (contratada)

Espaço e Tempo

- *O fantasma Travesti*
- Seis livrinhos poético-esotéricos de magias benignas, plenos de estrelinhas, luas e feitiços de fadas... (sob secretíssimo pseudônimo)

FTD

- *A fada Sempre-Viva e a galinha-fada*
- *A gema do ovo da ema*
- *Ave Alegria!*
- *Jogando conversa fora*
- *Meus vários quinze anos*
- *O cavalo transparente*
- *O sapato que miava*
- *São Francisco-Bem-te-vi*
- *Tem cachorro no salame*
- *Tem cavalo no chilique*
- *Tem Graças no Botticelli*
- *Uma velha e três chapéus*

Formato

- *Fantasma de camarim* (Doideiras com Apolônia Pinto, para leitores adolescentes)
- *Foi o ovo? Uma ova!*
- *Galo, galo, não me calo!*
- *Ovos nevados* (aprovado)

Global

- *Rabiscos ou rabanetes*
- *Um pipi choveu aqui*

Globo Rio-Gráfica

- *A história avacalhada*
- *A história engatada*
- *A história enroscada*
- *A história vira-lata*
- *Felipe do Abagunçado*

Imago

- *A família Eco-Eco*

Lê

- *A velhota Cambalhota*
- *Boia, boia Lambisgoia!*

Livros do Tatu

- *A Mula Sem Cabeça* (contendo ainda *A flauta de Nicolau* e *Fada Crica cozinheira*)

Melhoramentos

- *Bruzundunga da Silva*
- *Passa, passa, passa tempo!*
- *Senhor Vento e dona Chuva*

Memórias Futuras

- *Cabidelim, o doce monstrinho*
- *Choque no roque*
- *Ervilina e o Princês*
- *Gato pra cá, rato pra lá*
- *Leãozinho Feroz da Fina Voz*
- *Mudanças no galinheiro mudam as coisas por inteiro*
- *Uma história de telhados*

Miguilim

- *A fada lá de Pasárgada*
- *Cadê a peruca de Mozart?*

Moderna

- *A viagem de um barquinho*
- *Eu sou mais eu!* (para adolescentes)

Nova Fronteira

- *Chora não!*
- *Currupaco coisa e tal, quero ir pra Portugal!*
- *Luana adolescente, lua crescente* (para adolescentes)
- *Nana pestana*
- *No fundo do fundo-fundo, lá vai o tatu Raimundo!*
- *Se a memória não me falha* (para adolescentes)
- *Se as coisas fossem mães*
- *Uxa, ora fada, ora bruxa*
- *Zoiudo, o monstrinho que bebia colírio*

Orientação Cultural

- *A Fofa Fofura e o Sol Solteiro*

Paulinas

- *Papai Bach, família e fraldas* (contratada)
- *Quincas Plim foi assim* (contratada)
- *Tia Anacleta e sua dieta*

- *Tia Carlota tricota e tricota!*
- *Tia Januária é veterinária*
- *Tia Libória conta história*

Paulus

- *Doce, doce... e quem comeu regalou-se!*

Quinteto

- *Cordel Adolescente, ó xente!*
- *Duas histórias de perna fina*
- *Malaquias*
- *Miloquinha, a duende*

Record

- *Papos de anjo* (contos para adolescentes e adultos)

Rocco

- *Saracotico no céu*

Salesianas

- *A mesa de botequim e seu amigo Joaquim*
- *Dita-Cuja, a coruja*

Scipione

- *O inspetor geral* (adapt. de Gogol)

Textos teatrais de Sylvia Orthof (encontráveis na Sociedade Brasileira de Autores Teatrais — SBAT —, rua Almirante Barroso, 97 — Centro — Rio de Janeiro - RJ — Fax: (021) 240-7431):

- *A viagem de um barquinho*
- *Eu chovo, tu choves, ele chove*
- *Cantarim de Cantará*

- *Cristo versus Bomba*
- *A gema do ovo da ema*
- *Ciranda de Vila-Rica*
- *Folia dos três bois*
- *Ervilina e o Princês*
- *O cavalo transparente*
- *Zé Vagão da Roda Fina e sua mãe Leopoldina*

Nota: Algumas dessas peças foram adaptadas e publicadas como livros de história, com o mesmo título, mas com outro tratamento literário.

Filme para vídeo:

- *Igor na Antártica*, com texto de Sylvia Orthof e direção de Jorge Bodanzky — pela Intervídeo

Discos da Taba, Editora Abril, com histórias de Sylvia Orthof:

- *Mamãe, eu quero miar!*
- *As casas que fugiram de casa*
- *Pererê na pororoca*
- *Dona Lua quer casar*

PASSANDO O A LIMPO

LIVRO ABERTO

Confissões de uma inventadeira de palco e escrita

Sylvia Orthof

ROTEIRO DE LEITURA

Este livro autobiográfico de Sylvia Orthof nos permite conhecer personagens importantes de uma vida voltada para o teatro e a literatura.

Filha de pais austríacos, viveu a infância e a adolescência no Rio de Janeiro e em Petrópolis, e os primeiros anos de casada na Bahia, passando por Brasília e retornando ao Sul. A autora nos conta não só esse movimento físico, mas o intelectual, emocional e criativo, em que as voltas do tempo pessoal se encontram com as do tempo histórico.

Vamos agora analisar alguns trechos desse depoimento, feito com a simplicidade e a riqueza características das pessoas que não se recusam a ir ao encontro do que querem e do que são capazes de realizar.

POR DENTRO DO TEXTO

1. Por que a autora afirma que a primeira história que ouviu "veio em golfadas de leite" e a deixou "viciada em livros, histórias, escritos"?

2. Bem cedo, a autora começa a ligar a palavra escrita à arte teatral. Localize o trecho em que nos conta isso.

3. Qual é, no mesmo capítulo, a referência a um fato histórico marcante, descrito pela autora a partir de sua visão infantil? Que fato é esse exatamente?

4. A cidade de Petrópolis, onde a autora foi morar quando criança, inspirava brincadeiras que misturavam contos de fada e história do Brasil. A que se deve isso?

5. O primeiro livrinho escrito pela menina Sylvia inspirou-se nessa cidade. Qual o cenário que o inspirou e qual o nome do livro? O que aconteceu com ele?

6. Por que a autora afirma, no capítulo 'Entrada de artistas', que "a mais fantástica porta de minha existência ficava, sem dúvida, nos fundos do antigo Teatro Fênix"?

ATUAL
EDITORA

a) O que era o DOPS, exatamente?
b) Como funcionava o Serviço de Censura?
c) Quem era o ministro Jarbas Passarinho, a quem a autora agradece no final do capítulo?
d) Qual a situação das artes cênicas nessa época?
e) Por que a autora tremeu ao ser obrigada a fazer uma simples lista de participantes do grupo de teatro?

(**Sugestão para leitura complementar:** *Em nome da segurança nacional*, de Maria Helena Simões Paes, da Atual Editora.)

Discutir a pesquisa em equipe e apresentar para os outros grupos, em classe. Cada grupo pode escolher um aspecto da questão para apresentar.

PASSANDO A LIMPO

7. Dessa época em diante, Sylvia Orthof percorreu variados caminhos na arte teatral, tendo estado em vários lugares, conhecido muita gente que faz parte da história da arte e participado de acontecimentos que marcam essa mesma história. Relacione pelo menos cinco acontecimentos da vida da autora ligados a essa experiência com o teatro.

8. O primeiro texto da autora era para teatro. Por que ela o escreveu e como se chamava?

9. Depois de publicar histórias pela Editora Abril, Sylvia Orthof ganhou um prêmio por um livro ilustrado por seu filho Gê. Qual o título desse livro?

____

____

10. Depois de quinze anos produzindo livros, a autora hoje mora em Petrópolis novamente, onde, além de continuar escrevendo, montou um grupo que encena os textos escritos. Como se chama o grupo, onde se apresenta e qual o objetivo dessas apresentações?

____

____

____

____

____

____

11. Você leu um rico e extenso depoimento de uma pessoa envolvida com a vida cultural e política do país durante várias décadas. O que mais chamou sua atenção na trajetória contada pela autora? Procure destacar um fato da vida pessoal da autora e um fato histórico marcante.

____

____

ATIVIDADES INTERDISCIPLINARES E REDAÇÃO

(Sugestões para Artes e História)

12. A formação profissional de Sylvia Orthof foi muito influenciada pelo contato com poetas como Manuel Bandeira, como bem o demonstra o trecho a seguir: "Ora, poesia é pra gente nadar dentro, ler, reler, ouvir. Tal como certas músicas, algumas poesias precisam ser conhecidas, relidas, ouvidas, bailadas..." ('Televisão, teatro e companhias').

Pesquisa: Na biblioteca da escola ou em alguma outra a seu alcance, procure a antologia poética de Manuel Bandeira: *Estrela da vida inteira*. Lá, encontrará não só o poema desse autor transcrito pela autora, 'Vou-me embora pra Pasárgada' (p. 26), mas também aquele no qual Bandeira usa a expressão lembrada pela autora quando revela que o poeta "me olhava com certas ternurinhas" (p. 24). O nome do poema é 'Porquinho-da-índia'. Copie-o.

Redação: Analisando o poema, tente explicar por que termina com a frase conclusiva: "Meu porquinho-da-índia foi minha primeira namorada". Para fazer isso, pense na maneira como o poeta se refere ao animalzinho, que ganhou quando criança, e no tipo de sentimento que tinha por ele. Depois disso, responda: por que razão a autora utilizou exatamente essa frase, quando se refere a uma ingênua "paquera" do poeta em relação a ela?

13. ***Pesquisa:*** Ao evocar o papel de Julieta no Teatro Fênix, Sylvia Orthof cita, de memória, um trecho da fala da personagem (p. 19). Procure, orientado pelo professor ou pela bibliotecária da escola, uma boa tradução da peça *Romeu e Julieta*, de Shakespeare, localizando o trecho citado.

Atividade: Encene, em equipe, o trecho citado e/ou algum outro da escolha do grupo, procurando, antes, entender bem seu significado numa discussão em classe.

14. Como se viu no capítulo 'Televisão, teatro e companhias', Schiller, cujo texto teatral sobre Maria Stuart foi traduzido por Manuel Bandeira, era também poeta. É dele a frase: "Quando fala a alma já não fala a alma".

Redação: Compare a frase de Schiller com a do poeta Mário Quintana que introduz o livro: "A gente pensa uma coisa, acaba escrevendo outra e o leitor entende uma terceira coisa... e, enquanto se passa tudo isso, a coisa propriamente dita começa a desconfiar que não foi propriamente dita". Qual a semelhança entre essas duas frases? Indo mais longe: há alguma relação entre as afirmações dos dois poetas e a frase de Shakespeare que fecha o livro: "O resto é silêncio"?

15. ***Pesquisa:*** No capítulo 'Pulando amarelinha', a autora descreve uma passagem da vida em que seu trabalho, sua vida pessoal e todo o sonho de um grupo de jovens são virados de cabeça para baixo pela interferência do Serviço de Censura do DOPS, órgão de repressão da ditadura. Ao final, além de ser impedida de ir para Nancy com o grupo de teatro e pedir demissão do emprego na universidade, ela é praticamente obrigada a dar aulas na Academia de Polícia.
Consulte livros ou revistas que falem sobre aquela época e tente perceber por quais razões históricas a repressão aconteceu. Tente responder às seguintes questões: